ELLES DISENT

DU MÊME AUTEUR

L'AUTRE LANGUE DES FEMMES, *essai*, Grasset, 2021.
AFROPEA, *utopie post-occidentale et post-raciste, essai*, Grasset, 2020.
ROUGE IMPÉRATRICE, *roman*, Grasset, 2019 et Pocket, 2020.
MARIANNE ET LE GARÇON NOIR (dir.), *essai*, Pauvert, 2017.
CRÉPUSCULE DU TOURMENT. II, HERITAGE, *roman*, Grasset, 2017 et Pocket, 2018.
CRÉPUSCULE DU TOURMENT. I, MELANCHOLY, *roman*, Grasset, 2016 et Pocket, 2017.
L'IMPÉRATIF TRANSGRESSIF, *conférences*, L'Arche Éditeur, 2016.
LA SAISON DE L'OMBRE, *roman*, Grasset, 2013 et Pocket, 2015. Prix Femina 2013.
HABITER LA FRONTIÈRE, *conférences*, L'Arche Éditeur, 2012.
ÉCRITS POUR LA PAROLE, *théâtre*, L'Arche Éditeur, 2012. Prix Seligmann contre le racisme 2012.
CES ÂMES CHAGRINES, *roman*, Plon, 2011 et Pocket, 2016.
BLUES POUR ÉLISE, *roman*, Plon, 2010 et Pocket, 2012.
LES AUBES ÉCARLATES, *roman*, Plon, 2009 et Pocket, 2010. Trophées des arts afro-caribéens 2010.
SOULFOUD ÉQUATORIALE, *nouvelles*, NiL (collection Exquis d'écrivains), 2009.

LÉONORA MIANO

ELLES DISENT

BERNARD GRASSET
PARIS

ISBN 978-2-246-82461-9

Rassembler des citations ne permet pas de saisir ce que disent les femmes. Évidemment. Ce que j'ai voulu faire ici, c'est en écouter quelques-unes, sur des sujets qui m'intéressent. Ça, c'était au début.

Ensuite, mes vieilles manies ont eu raison de moi… Rattrapée par ma passion pour la structuration des textes, rêvant toujours de composition musicale, j'ai eu l'idée de monter une pièce vocale. Ces citations s'organiseraient alors en une sorte de conversation empruntant au jazz avec ses harmonies et ses dissonances, aux negro spirituals avec leur *call and response*, à l'emphase d'antiques prêtresses telle que je l'imagine, à diverses modalités du chant.

Des femmes d'horizons différents, réunies en un lieu sans l'avoir décidé, parlent, se parlent. Parfois de manière frontale, parfois en se tournant le dos ou en se prenant par la main. À cet ensemble, chacune apporte sa vision, son souffle, le temps et l'espace de son énonciation.

Celles dont les mots composent cette mélopée singulière sont spirituelles, politiques, cérébrales, sensuelles, visionnaires, enragées, mystiques, torturées, espiègles… Elles sont tout. Leur métier n'est pas forcément d'écrire des livres. Il arrive qu'elles n'existent qu'à travers la fiction, mais on l'ignore, ce n'est pas l'important*. Elles disent, d'une manière ou d'une autre, et c'est ce qui compte. Ce n'est donc pas le testament des femmes qui vous est proposé, mais une déambulation dans leurs paroles. Ce fut un grand plaisir d'en dessiner le parcours.

Léonora Miano

* Les propos sont alors signés des auteurs ayant créé les personnages : les femmes qui ont imaginé et écrit.

Notre commencement :
cette femme. **Sonia Sanchez.**
Qu'elle soit élevée. **Jill Scott.**

Dire : « Je suis une femme », c'est restreindre le champ des possibles, parce que grâce aux luttes des femmes, il est accordé aux humains d'être plus que ça. **Hélène Cixous.**

Ma revendication en tant que femme c'est que ma différence soit prise en compte, que je ne sois pas contrainte de m'adapter au modèle masculin. **Simone Veil.**

Au contraire, le droit à la différence est un recours à l'autorisation. **Colette Guillaumin.**

C'est en affirmant sa différence que la femme peut se libérer de l'emprise sur elle d'une culture au masculin. **Luce Irigaray.**

La perception que l'on a de son genre est une construction individuelle. Il y a, de ce fait, plusieurs masculinités et féminités. **Nancy J. Chodorow.**

Une femme est plus que la somme de ses parties. **Jill Scott.**

... la beauté féminine doit suivre un sentier étroit : on apprend aux fillettes à être jolies sans être aguicheuses, séduisantes mais non séductrices, désirables mais non désirantes, féminines mais non femelles, en un mot belles mais pas putes. **Nancy Huston.**

... de quel modèle de femme dispose-t-on lorsqu'on n'a devant soi qu'une mère ? **Caroline Eliacheff & Nathalie Heinich.**

Toutefois, c'est la mère qui « fait » le garçon aussi bien que la fille. Elle fera la fille à son image et ressemblance selon le modèle approuvé par l'homme. Elle fera le garçon selon le modèle auquel elle a eu tout le temps de s'adapter… **Elena Gianini Belotti.**

La Femme Sauvage archétypale est la patronne de celles qui peignent, écrivent, sculptent, dansent, pensent, prient, cherchent, trouvent – car elles sont dans le domaine de l'invention et c'est là sa principale occupation. **Clarissa Pinkola Estés.**

Chez nous les femmes…
connaissent toujours la saveur
de leur force propre –
aussi aigre soit-elle parfois. **Grace Nichols.**

Je suis une espèce menacée, mais mon chant n'est pas celui d'une victime. Je suis une femme, je suis une artiste, et je sais d'où émane ma voix. **Dianne Reeves.**

Sa beauté ne saurait être appréhendée

selon les critères d'un esprit colonisé. **Meshell Ndegeocello.**

D'un regard, elle flinguait les rues. **Dionne Brand.**

Prêtresses, les femmes étaient aussi considérées comme des êtres magiques. **Colette Houeto.**

Elles parlent ensemble du danger qu'elles ont été pour le pouvoir, elles racontent comment on les a brûlées sur des bûchers pour les empêcher, à l'avenir, de s'assembler. **Monique Wittig.**

La sacralisation du féminin est toujours un prélude élégant à sa marginalisation. **Delphine Horvilleur.**

Où se trouve une femme, il y a de la magie. **Ntozake Shange.**

La sororité est une attitude. Ne jamais nuire volontairement à une femme. Ne jamais critiquer publiquement une femme, ne jamais provoquer le mépris envers une femme. **Chloé Delaume.**

Nous avons échoué à exiger des femmes blanches, en particulier de celles qui prétendent parler au nom de toutes les femmes, qu'elles assument la responsabilité de leur racisme. **Cherríe L. Moraga.**

Le commérage est l'opium des créatures opprimées. **Erica Jong.**

Il y a des choses qu'une femme chante, et dont seule une femme comprend le sens profond. Vous pouvez chanter pour des hommes ou pour des femmes, mais seule une femme sait votre pleine signification. **Gayl Jones.**

Je ne peux être comprise qu'avec ma permission. **Nikki Giovanni.**

L'écrasante majorité des femmes accepte le patriarcat sans le remettre en question et de surcroît le protège, s'accommodant des frustrations qui en résultent sans les combattre eux mais elles-mêmes, à travers leur rivalité pour les hommes en tant que fils, amants et époux. **Winnie Mandela.**

Faudrait-il libérer la femme ou la libération ? **Ken Bugul.**

Se libérer était une chose ; revendiquer la propriété de ce moi libéré en était une autre. **Toni Morrison.**

… elles avaient entrepris de créer quelque chose qu'elles puissent devenir. **Toni Morrison.**

… écoute, femme :
tu n'es pas un non-lieu anonyme…
Lucille Clifton.

*

Parfois, mon corps d'en dessous ressurgit. Quand ça arrive, ça ne prévient pas. Je ne m'y attends pas ça vient. Là où gît l'élan, l'origine. **Fabienne Jacob.**

Le soir tombe jusqu'au fond de mes entrailles. **Zoé Valdés.**

Et c'était le repos, l'heure de nonchalance
À bouche que veux-tu, et j'entrais dans la danse **Barbara.**

Alors, moi, peu lucide et amoureuse,
Me rendis la foufoune docile et l'évidence insaisissable… **Jill Scott.**

Mon ventre vit sa vie, comme un animal que je ne connais pas… **Jesmyn Ward.**

Je vais faire l'amour avec un parfait étranger. Enfin, on fait toujours l'amour avec un étranger puisque l'inceste est interdit. **Maryse Condé.**

Mets-toi tout nu, si t'es un homme. **Zazie.**

J'aime quand tu te rends, mais rends-toi correctement. **Yseult.**

> On fit l'amour encore et encore, nous interrompant seulement pour allumer les lumières dans l'obscurité naissante et nourrir le chat. Le soleil se coucha, la vapeur monta, et toute la pièce parut vibrer de l'odeur de nos corps. **Audre Lorde.**

Tu m/e lèches les épaules les seins les bras le ventre la vulve les cuisses, il vient un moment où tout enfiévrée tu m/e prends sur ton dos m/a louve… **Monique Wittig.**

Je veux faire l'amour à ton existence,
Drapée dans les couleurs de ton aura,
Puis me masturber en me remémorant...
Akua Naru.

L'homme a la force, la femme a la ruse, mais elle a beau ruser son ventre est là pour la trahir et c'est son précipice. **Simone Schwarz-Bart.**

Chez la femme, l'esprit est sexe et le sexe, esprit ; sa « force érotique » irrigue toutes les formes relationnelles et culturelles d'une santé supérieure. **Lou Andreas-Salomé.**

En résumé, le pénis est un revolver, le clitoris une mitraillette. Sans doute pas facile pour l'homme de se dire que l'arme de sa partenaire est la plus puissante... **Olivia Gazalé.**

Cinq hommes déflorèrent l'inexpérience et la solitude de mon corps. Ils disaient entre eux, qu'ils m'apprenaient à être une femme. **Conceição Evaristo.**

Être femme ici c'est être une blessure ouverte qui ne peut guérir. Même si des cicatrices se forment, le pus est toujours tapi en dessous. **Toni Morrison.**

Un soir de misère, d'enfer ordinaire, de vague rupture, de coups de ceinture, on l'avait griffée, déchirée, froissée. Et puis, peu importe, laissée de la sorte : morte. **Juliette Noureddine.**

Ô Ala
Mère qui donne et reçoit
encore dans la mort
Pleine de grâce
prends pitié
accueille-la
qu'elle se repose **Grace Nichols.**

*

Ceux d'entre nous qui ne sont pas venus au monde armés d'ergots et de crocs, partent perdants dans tous les combats. **Maryse Condé.**

Ne rends pas trop vite un sourire ! Les diables aussi ont des dents pour singer l'amitié. **Gisèle Pineau.**

*

La peur de vieillir abîme plus que l'âge. **Jeanne Moreau.**

Passé quarante ans, tout le monde ressemble à une ville bombardée. **Virginie Despentes.**

Déterminée, du moins en théorie, à changer le monde, j'ignorais alors que j'étais un pion dans la matrice. Une femme comme une autre, condamnée au vieillissement, à plus d'emmerdes, à moins d'amour. **Fabienne Kanor.**

Et puis, il y a aussi ce phénomène étrange lié au caractère périssable de l'individu qui me hante. Je n'arrive pas à faire abstraction du fait que, mettre au monde un enfant, c'est donner la vie à un condamné à mort. **Blanche Gardin.**

Je n'essaie pas d'être une quinqua attirant les regards. Je veux simplement me voir nue sans en être dégoûtée. **Terry McMillan.**

J'ai été jeune suffisamment longtemps pour m'adonner à la vieillesse. **Brigitte Fontaine.**

À cinquante ans, la folle enfermée dans le grenier s'échappe, descend pesamment l'escalier et met le feu à la maison. La prison, elle n'en veut plus. **Erica Jong.**

Maintenant, je ne sais pas ce que je vais devenir. J'ai cinquante-quatre ans et j'ai toujours mes règles. J'aime toujours autant mettre des robes courtes. J'ai toujours autant envie de faire l'amour, mais c'est devenu plus difficile de trouver des amants. **Nina Almberg.**

*

« Je suis » est le monde. **Clarice Lispector.**

Quand j'ose être puissante, mettre ma force au service de ma vision, alors il importe de moins en moins que j'aie peur. **Audre Lorde.**

Ce qui vous rend exceptionnelle – si d'aventure vous l'êtes – vous isolera inévitablement. **Lorraine Hansberry.**

J'ai découvert dans l'horreur de la solitude que la société ne mérite pas qu'on lui sacrifie un étron. **Marie Vieux-Chauvet.**

Ma simple passion est d'inscrire nos noms dans l'Histoire et de marcher

dans cette lumière qui est femme*.
Sonia Sanchez.

Toutes les observations confirment que la femme intellectuelle est masculine, sa pensée chaleureuse et intuitive a cédé la place à une réflexion froide et stérile. **Helene Deutsch.**

Votre savoir, votre instruction, est votre premier époux. **Miriam Makeba.**

Trouve ton talent. Traque-le, enferme-le dans une cage, donne la clé à celui qui a le pognon, et félicite-toi de ton courage. **Kate Tempest.**

J'étais habitée par une volonté sauvage d'en découdre, à l'égal de celle des esclaves qui ne s'appartiennent pas. Et qui n'ont à perdre que leurs chaînes. **Gisèle Halimi.**

* Je traduis, bien sûr, les textes non disponibles en français. Les choix sont donc miens. Ici, on pourrait aussi dire : « cette lumière [qu'est] la femme ».

Ce n'est pas la violence qui vient le mieux à bout de la haine, ni la vengeance qui guérit le plus sûrement de l'injustice. **Charlotte Brontë.**

Nos intentions ne sont pas de revanche. **Christiane Taubira.**

*

Tout ce qui est soumis au contact de la force est avili, quel que soit le contact. Frapper ou être frappé, c'est une seule et même souillure. **Simone Weil.**

C'est la haine qui fait cet effet. Elle consume tout, sauf elle-même, si bien que, quel que soit votre chagrin, votre visage devient exactement le même que celui de votre ennemi. **Toni Morrison.**

Il n'y a rien de plus fort au monde que la douceur. **Han Suyin.**

La non-violence n'est pas un état pacifique, mais un combat social et politique destiné à rendre la rage articulable et efficace – c'est un « fuck you » soigneusement élaboré. **Judith Butler.**

Notre place dans l'humanité ne doit pas être mendiée mais prise. **Louise Michel.**

Elles disent, si je m'approprie le monde, que ce soit pour m'en déposséder aussitôt, que ce soit pour créer des rapports nouveaux entre moi et le monde. **Monique Wittig.**

*

Qu'est-ce que l'amour a à voir avec ça ? **Tina Turner.**

L'amour est un champ de bataille. **Pat Benatar.**

L'amour n'existe pas, c'est pour ça qu'il faut le faire. **Brigitte Fontaine.**

L'amour sert à mourir plus commodément à la vie. **Marguerite Duras.**

L'amour, ce sont des âmes qui se touchent. **Joni Mitchell.**

Le couple est le lieu de l'amour dans le sens d'une Terre qui est labourée. **Annick de Souzenelle.**

C'est toujours une étoile inaccessible que nous aimons, et chaque amour est toujours, en son essence intime, une tragédie… **Lou Andreas-Salomé.**

Quand je rencontre une femme qui me plaît, je préfère les femmes… Et quand je rencontre un homme qui me plaît, j'aime mieux les hommes. **Octavia E. Butler.**

… personne n'a qu'une seule orientation sexuelle. **Nancy J. Chodorow.**

Sans le vouloir et encore moins le comprendre, je transformai cette fille de vent et de corbeaux en un symbole de survie par procuration, et plongeai dans l'amour comme le rocher tombe de la falaise. **Audre Lorde.**

Et pourtant, la vérité, c'est que j'ai parfois emmené la peur et la haine que cette société oppose aux lesbiennes jusque dans mon lit. J'ai parfois haï mon amante parce qu'elle m'aimait. J'ai parfois eu l'impression de ne pas être « assez femme » pour elle. J'ai parfois eu l'impression de ne pas être « assez homme ». **Cherríe L. Moraga.**

L'amour ne se crie pas, il se prouve. **Simone Veil.**

Nous aimons parce que c'est la seule aventure véritable. **Nikki Giovanni.**

L'amour sans sentiment, sans possession, c'est délicieux… L'âme et le cœur se reposent pendant que le corps s'agite. **Katherine Pancol.**

L'ennemi de l'amour n'est jamais à l'extérieur, ce n'est pas tel homme ou telle femme, c'est ce qui nous manque intérieurement. **Anaïs Nin.**

L'amour ne meurt jamais de mort naturelle. Il meurt parce que nous ne savons pas revenir à sa source. **Anaïs Nin.**

Je suis une femme comme toute femme qui a un jour osé aimer une source une lumière me hante ce n'est pas la vie mais la mort que je porte en mon ventre **Ananda Devi.**

La mort baptise aussi. **Marguerite Duras.**

Seuls les morts sont libres. **Arundhati Roy.**

La liberté, c'est la vie. **Brigitte Fontaine.**

*

J'aimerais avoir une maison pour chaque homme que j'ai aimé. **Jeanne Moreau.**

Les hommes se remettent de l'abandon bien mieux que les femmes. La femme meurt à chaque abandon, alors que de chaque abandon, l'homme renaît. **Zoé Valdés.**

Les hommes sont amoureux d'eux-mêmes. Et comme tous les amoureux, ils se croient seuls au monde. **Louky Bersianik.**

Depuis toujours, les hommes sont les agents de leur propre oppression… **Olivia Gazalé.**

Plaire aux hommes est un art compliqué, qui demande qu'on gomme tout ce qui relève de la puissance. **Virginie Despentes.**

La plus grande gloire pour une femme est qu'on ne parle pas d'elle, disait Périclès qui était, lui, un des hommes dont on parlait le plus. **Virginia Woolf.**

Si une femme a du génie, on dit qu'elle est folle. Si un homme est fou, on dit qu'il a du génie. **Louky Bersianik.**

Il y a dans l'homme une dimension féminine et une dimension masculine et « l'homme » ne peut nier l'autre dimension sans refuser d'être, sans refuser de s'accomplir. L'homme en tant qu'individu n'a jamais rien fait de bon dans la solitude de son sexe. **Colette Houeto.**

Les hommes lisent et étudient constamment des textes qui font d'eux les femmes de Dieu. Dans le monde religieux, la femme est souvent tenue à distance mais le féminin, lui, est souvent revendiqué. **Delphine Horvilleur.**

De Paris au Pérou, du Japon jusqu'à Rome,
le plus sot animal, à mon avis, c'est l'homme.
Olympe de Gouges.

*

Ce qui me confond, c'est la façon dont l'esprit des femmes, dans ce pays – peut-être en est-il de même partout – tourne toujours autour du mariage. **Daphné du Maurier.**

Le mariage est une forme de prostitution. **Delphine Seyrig.**

Nous gardions nos distances. C'était son idée du mariage. Il ne supportait pas les discussions à cœur ouvert, invoquant le proverbe chinois : « Le mari et la femme doivent se traiter mutuellement comme des invités. » **Adeline Yen Mah.**

Lorsque les femmes ne vivront plus seulement à travers leur mari ou leurs enfants, les hommes n'auront plus peur de l'amour ni de la force des femmes et n'auront plus besoin de la faiblesse de l'autre pour être sûrs de leur propre masculinité. **Betty Friedan.**

Les femmes n'aiment pas que leurs hommes soient humbles. Dans tous les pays, elles se plaisent à être dominées. Et si les hommes ne dominent pas, elles deviennent des tyrans. **Han Suyin.**

Quand on élève un dieu au lieu d'un enfant, on est vouée à le servir pour le restant de ses jours. C'est la même chose quand on épouse un dieu. **Gloria Naylor.**

Et l'Homme-à-élever promet (il va essayer, etc.). Et il promet. Et tous les soirs il va promettre et promettre. Il répétera qu'il vous aime (puis il oubliera de le dire). **Louise Desbrusses.**

Le mariage est le tombeau de la confiance et de l'amour. **Olympe de Gouges.**

Un couple, ça tenait et ça durait d'abord au lit, ou sur la table de la cuisine, assis ou couché, en un mot par le ventre, par-devant ou par-derrière, sans chemise et sans pantalon. **Marie-Hélène Lafon.**

Le lit conjugal est un tombeau, et le mariage une concession à perpétuité. **Linda Lê.**

*

L'être humain est le remède
de son prochain. **Aminata Sow Fall.**

La race ne me semble pas particulièrement intéressante. Le pouvoir, oui. Qui a du pouvoir et qui n'en a pas. **Jamaica Kincaid.**

Si la race n'existe pas, cela n'en détruit pas pour autant la réalité sociale et psychologique des faits de race. **Colette Guillaumin.**

Nous ne pouvons pas faire comme si la colonisation n'avait pas eu lieu et comme s'il n'existait pas de représentations raciales. **Judith Butler.**

Ils traitaient ces gens-là de brutes, d'êtres que le Ciel avait maudits ; mais en avançant en âge, je vis clairement que c'était la force et le préjugé qui les avaient condamnés à cet horrible esclavage, que la nature n'y avait aucune part, et que l'injustice et le puissant intérêt des Blancs avait tout fait. **Olympe de Gouges.**

Je doute que toute la philosophie du monde parvienne à supprimer l'esclavage : on en changera tout au plus le nom. **Marguerite Yourcenar.**

La terre d'esclavage est une matrice pour qui se verticalise, un tombeau pour qui s'éprend d'elle. **Annick de Souzenelle.**

Non. **Rosa Parks.**

Parfois, je me sens discriminée, mais cela ne me met pas en colère. Cela m'étonne plutôt. Comment peut-on se priver du plaisir de ma compagnie ? Ça me dépasse. **Zora Neale Hurston.**

Personne au monde, personne à travers l'Histoire, n'a jamais obtenu sa liberté en faisant appel au sens moral de ceux qui l'opprimaient. **Assata Shakur.**

Si les hommes sont incapables de pardonner ce qu'ils ne peuvent punir, ils seront aussi incapables de punir ce qui se révèle impardonnable. **Hannah Arendt.**

Le conquérant écrit l'Histoire ; ils sont venus, ils ont conquis, ils écrivent... ne vous attendez pas à ce que des gens venus nous envahir écrivent la vérité à notre sujet. **Miriam Makeba.**

L'un des avantages d'être un immigrant, c'est que deux pays très différents sont forcés de se fondre en vous. **Edwige Danticat.**

Nous sommes la moisson les uns des autres, nous sommes l'affaire les uns des autres, nous sommes l'ampleur et l'obligation les uns des autres. **Gwendolyn Brooks.**

La rivalité des mémoires est obscène et autodestructrice. **Nathalie Etoke.**

La notion d'unité en situation de lutte [politique] est surévaluée. Si vous étiez le Pouvoir, qui préféreriez-vous voir apparaître à la porte : cinq cents souris ou bien un lion ? **Florynce Flo Kennedy.**

Partout où les relations humaines ne sont pas ce qu'elles doivent être, il y a généralement faute des deux côtés. Mais il est toujours plus utile de songer à ses propres fautes, pour y mettre fin, qu'à celles de l'autre. **Simone Weil.**

Saviez-vous que la souffrance n'a pas de limite
l'horreur pas de frontière
Le saviez-vous
Vous qui savez. **Charlotte Delbo.**

*

… ma langue est souillée

par tout ce que nous avons volé pour contrôler effacer remplacer

dans un pays toujours riche des profits de l'esclavage.

À ce jour, il n'y a pas eu de réparations. **Kae Tempest.**

Nous sommes victimes de notre histoire et de notre présent. Ils placent de trop nombreux obstacles sur le chemin de l'amour. Nous ne pouvons même pas savourer nos différences en paix. **Ama Ata Aidoo.**

… ce n'est pas la différence qui nous

paralyse, mais le silence. Et tant de silences doivent être brisés. **Audre Lorde.**

Les gens ont le droit de se donner le nom qu'ils veulent. Ça ne me dérange pas. C'est le fait que d'autres les nomment qui me dérange. **Octavia E. Butler.**

Je veux être libre de graver et de ciseler mon propre visage, d'endiguer le saignement avec de la cendre, de façonner mes propres dieux avec mes tripes. **Gloria Anzaldúa.**

Tout ce que j'ai senti de divin à l'église, c'est moi qui l'ai amené. **Alice Walker.**

Si je ne me définissais pas moi-même, je serais écrasée par les fantasmes d'autres à mon sujet et dévorée vivante. **Audre Lorde.**

*

L'histoire a été trafiquée pour nous cacher nos noms secrets, mais Dieu sait qui nous sommes. **Cassandra Wilson.**

Je ne pense pas que Dieu sache qui nous sommes. Je pense qu'Il nous aimerait, s'Il nous connaissait, mais je ne pense pas qu'Il nous connaisse. **Toni Morrison.**

Nous n'adorons pas un dieu qui soit à notre image et à notre ressemblance. On n'est pas supposé vénérer l'image de quelqu'un d'autre. **Abbey Lincoln.**

Où sont les dieux de l'Afrique ? **Abbey Lincoln.**

Notre commencement.
Deux femmes décelant la voix de Dieu dans les yeux de femmes noires.
Sonia Sanchez.

… j'ai trouvé Dieu en moi-même,
et je l'ai aimée.
Je l'ai aimée furieusement. **Ntozake Shange.**

*

Peut-on s'accepter dans l'image étrangère que vous renvoie le miroir sous prétexte qu'il a été déclaré qu'elle vous représente ? **Paule Constant.**

Mais en réalité, l'oppresseur ne craint pas tant la différence que la ressemblance. Il craint de découvrir en lui les mêmes souffrances, les mêmes aspirations que celles ressenties par les personnes qu'il a traitées comme une merde/conchiées. **Cherríe L. Moraga.**

… en dépeignant le Noir comme un violeur, on invite ouvertement le Blanc à faire usage du corps de la femme noire. Cette fiction du violeur noir a toujours renforcé son complément : l'impudeur des femmes noires. **Angela Davis.**

… nous qui croyons à la liberté serons sans repos jusqu'à son avènement. **Ella Baker.**

Je vais vous dire ce qu'est la liberté : aucune peur. **Nina Simone.**

*

Habitants du trouble et du chagrin, depuis votre couche, regardez fixement dans le fond du soleil. **Margaret Walker.**

Chassez les démons, et ils emporteront avec eux les anges. **Joni Mitchell.**

On imagine des choses spectaculaires pour le jaillissement du bonheur. On imagine des cadres coûteux pour son éclatement. Et le bonheur naît de rien, se nourrit de rien. **Mariama Bâ.**

Se sentir vivant, entièrement vivant, est rare. La joie est la seule sensation humaine qui nous totalise. **Anne Dufourmantelle.**

Le bonheur n'est pas un objet à posséder,

c'est une qualité de pensée, un état d'âme. **Daphné du Maurier.**

C'est ma vie, et je me fiche bien des émotions perdues. **Shirley Bassey.**

C'est moi qui ai créé la désolation quotidienne où je rampe, où je frime sans espoir de retour. **Brigitte Fontaine.**

Il n'y a pas que les saints pour porter des stigmates, nos chagrins creusent dans nos chairs de profondes blessures et nos plaintes retenues s'échappent en cris sauvages. **Paule Constant.**

Nous ne recevons du destin que ce que nous sommes capables d'endurer. **Eudora Welty.**

La douleur, exprimée, est dominée. **Suzanne Césaire.**

Vous pouvez connaître la défaite mais ne devez jamais être vaincu. **Maya Angelou.**

Je ne pouvais recourir à la haine pour apaiser la douleur. Il me fallait l'endurer. **Maya Angelou.**

Les temps difficiles requièrent des danses

enragées. Nous en sommes la preuve. **Alice Walker.**

Il y a le futur. Qui est aujourd'hui même. **Clarice Lispector.**

*

Les yeux de nos ancêtres
étoiles noires teintées de sang,
s'élèvent des profondeurs du temps
prenant soin de nos mémoires meurtries.
Conceição Evaristo.

Telles guerrières divinisées : majestueuses
amazones semant nos chants
au milieu des étoiles et au-dessus des eaux.
Nos refrains nés dans les fermes et les champs de coton,
les plantations de canne à sucre, les taudis.
Sonia Sanchez.

Du fond de sa noirceur intime
depuis l'opacité d'anciennes
incarnations

surgissait le Congo
puis la Sierra Leone et la
Côte de l'or qu'elle arpenta jadis **Grace Nichols.**

Je suis la postérité des captifs. Je suis l'empreinte des défunts. **Saidiya Hartman.**

> « La porte du non-retour »... Qu'une appartenance habite une métaphore est une voluptueuse intrigue : résider dans un trope ; être une sorte de fiction. Vivre dans la diaspora noire, c'est, à mon avis, habiter une fiction : des empires inventés et l'invention de soi. **Dionne Brand.**

Les peuples de l'outre-mer français savent que les séquelles de la violence d'État, de l'oppression, de l'humiliation restent longtemps nichées dans l'inconscient qui transporte l'émotivité du corps et les écorchures de l'esprit. **Christiane Taubira.**

J'éprouve pour ce bled une rage qui m'obsède. **Casey.**

Je suis l'histoire du rejet de ma personne. **June Jordan.**

Nous devons faire en sorte que la langue rende compte de notre expérience. **June Jordan.**

Nous sommes ceux que nous attendions. **June Jordan.**

Nous n'avons pas besoin d'un héros de plus. **Tina Turner.**

Nous sommes les dieux de l'Afrique. **Abbey Lincoln.**

*

Où est ton feu ? Tu dois le trouver et le transmettre. **Sonia Sanchez.**

Car c'est sur les genoux des femmes que s'édifient les nations. **Colette Houeto.**

*

* *

DU MÊME AUTEUR (suite)

TELS DES ASTRES ÉTEINTS, *roman*, Plon, 2008 et Pocket, 2009.

AFROPEAN SOUL ET AUTRES NOUVELLES, Flammarion (collection Étonnants Classiques), 2008.

CONTOURS DU JOUR QUI VIENT, *roman*, Plon, 2006, Pocket, 2007 et Pocket Jeunesse, 2008. Prix Goncourt des lycéens 2006. Prix de l'Excellence camerounaise 2007.

L'INTÉRIEUR DE LA NUIT, *roman*, Plon, 2005 et Pocket, 2006. Prix Louis Guilloux 2006. Prix René Fallet 2006. Prix Montalembert du premier roman de femme 2006. Prix Bernard Palissy 2006. Prix Grinzane Cavour 2008 pour la traduction italienne.

Cet ouvrage a été imprimé
par l'imprimerie Laballery
pour le compte des éditions Grasset
à Clamecy (Nièvre)
en octobre 2021

Composition et mise en pages
Nord Compo à Villeneuve-d'Ascq

PAPIER À BASE DE
FIBRES CERTIFIÉES

Grasset s'engage pour
l'environnement en réduisant
l'empreinte carbone de ses livres.
Celle de cet exemplaire est de :
250 g éq. CO_2
Rendez-vous sur
www.grasset-durable.fr

N° d'édition : 22157 – N° d'impression : 107701
Dépôt légal : octobre 2021
Imprimé en France